소중한   님에게

『바람의 소리』를 선물합니다.

20   .   .   .

드림

청어詩人選 179

바람의
소리

조진우 시집

청어

바람의 소리

조진우 지음

발 행 처 · 도서출판 청어
발 행 인 · 이영철
영　　업 · 이동호
홍　　보 · 이용희
기　　획 · 천성래
편　　집 · 방세화
디 자 인 · 이해니 | 이수빈
제작부장 · 공병한
인　　쇄 · 두리터

등　　록 · 1999년 5월 3일
(제321-3210000251001999000063호)

1판 1쇄 인쇄 · 2019년 6월 20일
1판 1쇄 발행 · 2019년 6월 30일

주소 · 서울특별시 서초구 남부순환로 364길 8-15 동양빌딩 2층
대표전화 · 02-586-0477
팩시밀리 · 0303-0942-0478

홈페이지 · www.chungeobook.com
E-mail · ppi20@hanmail.net
ISBN · 979-11-5860-659-6(03810)

이 도서의 국립중앙도서관 출판시도서목록(CIP)은 서지정보유통지원시스템 홈페이지
(http://seoji.nl.go.kr)와 국가자료공동목록시스템(http://www.nl.go.kr/kolisnet)
에서 이용하실 수 있습니다.(CIP제어번호: CIP2019022906)

바람의
소리

시인의 말

한 편의 시를 노래한다는 건,
바람 한 결 소리를 듣는 것이다.

한 권의 시집을 세상에 내어놓는다는 건,
바람이 매만졌던 속살을 드러내는 것이다.

첫 시집 『연서(戀書)』 이후 5년.

그 지난한 시간 동안
나는
바람의 소리를 들으며 숨 쉬었고
바람은
나의 깊은 속살을 탐닉하듯 매만졌다.

시인이 시(詩) 한 편 한 편 엮어
누군가의 눈앞에 내놓는다는 건
속살을 드러내는 것이기에 부끄러운 일이다.

그 부끄러움이 조금 덜할까.
동안 여러 동인지 등을 통해 드러냈던
누군가의 눈을 통해 조금은 발효되었을 시(詩)들로 엮었다.

작업에 도움을 준 가족과 문우(文友)들께 감사하며
부디
꽃망울의 눈으로
마주해 주기를 바라는 마음 간절하다.

순천 송아시정(松阿詩庭)에서
송아

차례

제3부　살바람 소리

제4부　천상의 바람 소리

제1부

들바람 소리

사연(事緣)

가곡 음반 제작-푸른세상, 아시아문예 제1집, 2017

바람 부는 날 꽃잎 하나 날린다
그 잎이 내 사연 같아서
어디로 날아갈까 지켜보던 내 마음
꽃잎 보다 먼저 그립다

가이어라 꽃이여 가는 곳이 어디냐
애타는 가슴 끌어안고
어디쯤에 잠들까 어느 쯤에 잊힐까
아 어쩌나 내 사연을

꽃이 떨어지고 빗방울 떨어지고
꽃이 피고 또 지는 날
저 산 너머로 꽃잎 사연 떠난다
구름이 저 구름이 실어간다

구름 너머로 그리움이 떠난다
벌써 저 산 넘어간다

꽃과 봄
순천문협 시화전, 2017

꽃이라고
왜 춥지 않겠니

기억해

봄이어서 꽃이 피는 게 아냐
꽃이
봄을 데려오는 거야

억새

순천문협 순천문단 39집, 2019

저 언덕 위에 흔들리는 억새
노을에 아름답구나

아무 것도 보이지 않는 밤
세상은 어둠이어도

긴 긴 밤을 잠 못 든 채로
억새도 사랑을 노래하나

억새도 나처럼 사랑하여서
사랑의 춤을 추나

우리 어둠 넘어서 넘어서
저 멀리 꿈속에라도

내 님 그 노래 들을 때까지
너는 춤추라 난 노래하리

아! 아! 나의 노래 나의 사랑
그대 향한 나의 고백들

그대 춤추는 억새 보거든
내 사랑을 추억해주오

단풍과 영정(影幀)

푸른세상, 아송문학 11호, 2018

아버지 무덤가에 앉아 있는데
무심히 단풍잎 하나 날아듭니다
붉어 나 또한 무심히 바라보다
문득 잎 새의 뒷면을 보았습니다

비바람이 할퀴고 벌레가 먹다 남긴
아픔의 흔적들로 가득했습니다
말 못하고 버텨오다 떨어진 단풍잎은
내 아버지를 많이도 닮았습니다

끙끙 앓는 신음으로 온 밤을 지새워도,
신신파스 껍데기가 방구석에 쌓여가도,
버거운 삶의 신음을 행여라도 들을 새라
자식 앞에서는 웃음만을 보이신 분

등허리에 상처를 새기고도
가을을 온통 붉게 물들인 잎새처럼
웃으며 남기신 영정 사진 뒤쪽에도
상처 자국들로 가득하겠지요

산책(散策)

순천예총 순천예술 vol.26, 2016

길 위에 피었다 스러져간 꽃이려니
웃고 울었던 기억의 숲을 산책하면서
선물 같은 삶의 여백을 채우고 싶다

걷다가 쉴만한 초장 푸른 곳
자그마한 텃밭 가에 쪼그려 앉아
묘목처럼 동행의 의미를 키우고 싶다

세월인양 이마에 새겨진 주름을 헤고
젖어 노을 담은 눈망울 그윽이 보아
스쳐왔던 길의 뒤란을 더듬고 싶다

책 한 페이지에 그려진 삽화처럼
이슬 뒤로 펼쳐진 청한 하늘 시화처럼
곤한 눈 잠시 뉘었다 그대 함께 걷고 싶다

작은 새

순천문협 순천문단 39집, 2019

작은 새 한 마리가 나를 찾아와
어디서 나를 찾아 날아 왔는가

저 멀리 맑은 하늘가에 날아온
나를 찾아온 작은 새는 그댄가

사랑은 이렇게도 나를 찾아왔나
어쩌나 나는 행복해

아! 그대 사랑, 그대 사랑
이렇게도 나를 찾아왔나 그대는

아! 아! 그대 불러보는 밤
나는 이 벅찬 가슴을 어이해

사랑아. 내게 날아온 나의 사랑아
그대는 작은 새 노래

사랑해요. 사랑해요
저 구름 따라 나도 한 마리 작은 새로

그대 꿈에 날개 펴고 훨훨 날아가서
그대 앞에 노래를 부르리

들꽃

송아 시인의 JJ갤러리, 2018

들꽃 한 송이 눈에 들어오네요
삐죽 솟아 오른 작고 예쁜 꽃
다가서기엔 내가 초라해 보여
저 만큼 두고 바라만 봐요

거울 같은 꽃 천상의 색깔
내 작은 영혼에 바랠까
바라만 볼 뿐 부끄러워서
고개 숙인 나의 사랑아

아! 들꽃은 곧 그대인 것을
너무나 또렷한 그대 향기
고개 숙이고도 느낄 수 있는
향기로 피어난 사랑이었소

길섶의 들꽃 내 맘 속의 꽃이여
이 밤 별빛처럼 나는 떠나요
그대 향기에 끌려 그대에게로
그대 귓가에 사랑 노래해

내 맘 속의 꽃 내 맘의 사랑
어이해 길가에 피었소
내 맘에 그대 꽃이 되어
어여쁘게 피어났는가

아! 어찌 그대 내 맘에 피어
온 천지를 물들이는가
그대 가화 들꽃 내 맘의 봄날
그대의 향기로 물들었소

그리움이란 건

순천문협 시화전, 2015

조금 멀리 매달린 별이어서 좋다
밤이 오면 반짝이는 별이어서 좋다

더 멀어지다 영영 사라지지 않고
보고플 때 고개 들면 거기 있는 별

그리움이란 건 그렇게 두는 거다
별 같은 그리움이 그대이어 좋은 밤

이슬

푸른세상, 아송문학 8호, 2015

외로운 밤을 힘들게 지새웠더니
내 곁에 너는 선물처럼 맺혔구나

너를 보면
이 아침도 경이로 맞이할 수 있노니

짧은 삶도 기적으로 가득할 수 있노니
이리도 예쁜 얼굴 본 적이 없는데

가느다란 풀잎 위에서
떨어지지 않으려 대롱이며 안겨있는
힘겨운 네 포옹이 예쁘고도 서럽다

꽃씨와 땅

고흥문협 고흥문학 제2호, 2018

꽃씨가 어이
땅을 선택하여 안기랴
바람이 가라하는 것을

땅이 어이
꽃씨를 선택하여 안으랴
바람이 가져다주는 것을

꽃과 들풀

순천문협 순천문단 32집, 2015

예쁘다 예쁘다 칭찬 소리에
어차피 질 운명임을 잊고 살았다
살랑대며 스치는 바람의 고백에
떠나야 할 존재임도 잊고 살았다

가장 진화한 뱀이
가장 강한 독을 갖는다고 했던가

아름답게 피었다는 것으로
겨울을 이겨낼 수는 없으니
독으로 조여 오는 칭찬과 고백보다
스러지는 들풀로 언약에 흔들리라

봄 데려오기

송아 시인의 JJ갤러리, 2019

찬바람 부네요 마음은 봄인데
봄은 언덕 너머 있나요

꽃들은 몸부림치면서
봄을 오라 손짓하네요

봄은 느려요 꽃망울의 마음
한참을 기다려도 봄은 느려요

이제 내가 될 게요 내가 봄이 될 게요
그대 가슴에 봄이 될 게요

아! 간절히 기도한다면
우리 마음처럼 봄이 올까요

아! 간절히 바라본다면
우리 사랑처럼 봄이 올까요

달려갈게요 언덕 너머로
저 봄을 내가 데려올게요

언덕 너머에 봄이 머뭇거려도
내가 봄을 데려올게요

봄

아시아문예 순천문협 특집시 통권 40-봄호, 2016

야(野) ― 호(好) ― !
얼마나 많은 사람들 안아주려고
들판 너머 이리 설레며 오느냐

야(野) ― 호(狐) ―― !!
양아(陽娥)의 꽃덜미처럼 예쁘게
홀딱홀딱 털어대는 여우 목도리

야(夜) ― 호(壺) ――― !!!
추워 구들방에 꼼짝없이 갇혀버린
할배 오줌 그만 먹고 봄맞이 가자

봄은 그렇게 메아리로 온다
野 ― 好 ―!
野 ― 狐 ――!!
夜 ― 壺 ―――!!!

봄 여울

순천문협 순천문단 38집, 2018

얼어붙은 계절 아래로
덜덜 떨면서 흐르던 여울

햇살이 잔물결 어루만질 때
꽃도 질 새라 잎 하나 놓으니

그저 고맙고
그저 미안하여
연모의 봄으로 흐르는 여울

순천만 갈대

순천문협 시화전, 2018

순천만에 가면
이 땅의 어머니 숫자만큼 갈대들이 서있다

양수처럼 질컥이는 생명의 뻘밭에
탯줄 같은 자국을 그리며 노는 아해들

그 작은 생명들에 그늘이 되어주려
오늘도 제 뱃속 비워가며

빈 몸뚱이 허한 삶 휘청거리며 버텨내는
이 땅의 어머니 같은 갈대들이 순천만에 서있다

숲

순천문협 순천문단 36집, 2017

숲 속에 들어서면 말을 잃은 나
도린결 갈매빛송 들에 기대어
냇물따라 흐르는 시(詩) 하나 좇아
졸졸대는 아양소리 귀 기울일 뿐

오늘도 황홀한 맘 눈빛만 초록
향연의 아니리에 취하는 노을
숲 속에 들어서면 부끄러운 나
퍼르퍼르 벗은 아(我) 바라만 볼 뿐

연서(戀書)

한국문협 한국시인사랑사─1, 2017

새벽 강 안개는 햇살 가두고
나는 이 어둠에 나를 가두네

나뭇가지에 갇혀
풀어달라고 아우성대는 저 빛결들
그대가 여린 가지 살짝 젖히니
이토록 숨 가쁘게 쏟아져 내게 안겨오네

더 이상 무릎 꿇고 있을 수 없어
걷고 또 달려야만 해
그대가 빛으로 나를 품기 전까지
고되고 힘든 삶이라 체념했던 길

저 강물 위를 휘도는 바람처럼
이제 그대 품 안에 노니는 나
오 사랑인가
정녕 이리도 사랑이 오셨는가

조금 이르게도 말고
너무 늦게도 말고
돌아갈 수 없을 만큼 내게 다가와
영원토록 머물기를 바라노니

내 허한 그늘에도 볕이 스미듯
그대 향해 멈추지 않은 이 걸음
안개처럼 방초 틈새로 살짝 다가가
사랑의 축가 풀잎으로 부르리라

초화유수(草花流水)

푸른세상, 아송문학 11호, 2018

무명 풀꽃 봄 향기 가득 풀어서
천지는 꽃밭 되어 벌 나비 노니는데
심중에 미움 풀어 회한만 재촉하는
이내 정은 초화(草花)에도 부끄럽구나

계곡 오금 시냇물 토석 갈아서
계절을 살찌워 저리도 푸른데
심중에 칼을 갈아 스스로 베이는
이내 생은 유수(流水)에도 부끄럽구나

눈부신 가을에

송아 시인의 JJ갤러리, 2018

살다보면 어찌 이토록 가슴 아픈 일이 수없이 많은지요
돌아보면 어찌 이토록 미안한 마음들이 많은지요

미워하는 것도 잘못이지만 사랑하지 않는 것도 죄라는 것을
지금까지 나를 위해 달려왔다면 이제 멈추어 놓으며 살 때가 되
었나 봐요

둥지에서 떨어지지 않으면 영원히 날 수 없다는 걸 알았고
왕이 되려면 왕관의 무게를 견뎌 내야만 한다는 걸 배웠지요

당신은 몇 번의 가을을 지나왔나요
낙엽처럼 후회 없는 사랑을 주었는가요

그리움을 찾아 봇짐 없이도
떠날 수 있을 만치 눈부신 가을에

노루

한울문학 통권 147호—순천문협 특집시, 2016

노루 한 마리 미명에 달려와
새벽바람 사초롱 서리꽃 몸 부빈다

한설에 휘청이는 미루나무 가지 아래
똘망 기웃이는 구경꾼 바위가 정겹다

행복했던 기억의 조각을 헤매듯
닭 울음소리 천지 물상 위에 얹히고

잊혀질 존재는 잊혀진 존재에 이끌려
산꼭대기부터 젖어온 계수 빛 은결
망각했다 자신할 수 있는지 묻는다

노루는 왜 산마루에 있었던 걸까
탐욕과 외로움의 숲에서 뛰쳐나오기를

지친 군상들의 긴 잠을 걷어내고
초록의 풀밭으로 오라 기다리는 거라고

꾸억꾸억 다급하게 홀딱대던 노루는
톡 튀어나올 듯 깊은 눈망울이 슬프더니
무정한 침묵 너머로 신기루처럼 사라졌다

찬바람에 떠는 나목의 가슴팍을 후벼대다
팻말처럼 오래 남을 상처를 새겨두고

송아시정(松阿詩庭)의 첫눈

순천문협 순천문단 38집, 2018

문유산 송아시정 첫눈이 내리던 날
찬바람 속 눈꽃들이 길손처럼 찾아오면
님인 듯, 그리움인 듯 다정차를 나누리

문유산 송아시정 겨울언덕 나목 위로
님 닮은 눈꽃하나 나비처럼 날아들어
반가와 붙잡았더니 눈물처럼 녹았네

겨울과 봄

순천문협 순천문단 38집, 2018

그만하면 충분히 추웠을게다
이제 놓아주마
널 세상에 마음껏 펼치거라

한설과 북풍에도
이리 곤 망울꽃을 맺었으니
넌 내가 생각하는 보다
훨씬 예쁜 날들로 필 수 있겠다

자식을 세상에 내보내는
뭇 어미의 심정이 이러했을 터
춘날을 견디고 자라왔음을
스스로 대견하여 힘껏 날아 보거라

자개바람 되어

푸른세상, 아송문학 11호, 2018

나는 자개바람 되어 자작나무 숲에 절명을 앞두고 누워버린 낙엽의 유언을 듣는다.

이를 지켜보던 숲 식구들 모두 우울해지면 나는 숲에서 나와 밭에 거름 먹이는 농부의 바짓가랑이 사이를 파고들어 소름 돋는 한기로 옴짝 놀래켜 주기도 하고, 마실 한 바퀴 산보하다 작은 새 한 마리 보이면 고놈 겨드랑이에 몰래 숨어 높디높은 하늘까지 올라가 보기도 한다.

멀리 그대가 보인다. 그리웠던 그대가 보인다. 눈물로도 만질 수 없었던 그대가 보인다.

소원이란 원래 이렇게 작고 소박한 것들이었다. 거먹구름 품어 겨웁지 않고 딱 하나 그리움만을 생각하고 보니 날개가 없어도 하늘을 날 수 있다는 걸, 기억만 있으면 그대 곁에 갈 수 있다는 걸 바람 하나 되고서야 알았다.

"오메 곧 터지것다. 저 하얀 속살을 금메 어디다가 받아내야 쓸랑가!"

나는 바람이 되어 산모의 배처럼 부풀어 오른 매화 망울을 시샘하는 봄 처녀의 가슴을 슬쩍 만져도 보고, 자작나무 숲 무섭도록 높은 꼭대기에 지어진 새집에는 귀여운 아기 새들 눈이라도 떴을까 궁금해 둘러보기도 한다.

멀리 그대가 보인다. 그대의 숨결이 들려온다. 잊혀졌던 그대 심장 소리가 내 귀를 두드린다.

소원이란 원래 이렇게 작고 소박한 것들이었다. 거먹구름 품어 겨웁지 않고 딱 하나 그리움만을 생각하고 보니 날개가 없어도 하늘을 날 수 있다는 걸, 눈물만 있으면 그대 곁에 갈 수 있다는 걸 자개바람 하나 되고서야 알았다.

들어있는 것

순천문협 순천문단 35집, 2016

저 숲 속에 서 있는 풀잎들과
냇물 따라 여행하는 바람들
세상은 아름다운 바다로
흘러가고 있다는 걸 느끼나요

조용히 살며시 다가가면
풀벌레들 흩어져 노래하고
별빛 이불 달빛 선율 자장가
꽃대궁에 씨앗들이 안겨서
새록 잠든 숨결 소리 들리나요

우리 작은 생명들을 기뻐해요
숲 속 짙은 향기처럼 기억해요

우리 눈빛 속에는
희망 하나 들어있다는 것을
아름다운 세상이 들어있다는 것을

제2부

명지바람 소리

야원(夜園)

순천문협 순천문단 39집, 2019

내 사랑은 남쪽바다 바람에 날리는 갈꽃
하얀 달로 뜨면
별 하나 물새 노래를 부르고,

사랑 추억이 떠오를 때면,
그 노래 속에서 꿈을 꾸는데
저 하늘 걷는 달과 별도 손을 꼭 잡고 가누나

조금 먼 곳을 걸을지라도 항상 행복한 그대여라
욕심 없이 곁에 있어주는 것,
우리만의 사랑이니까

달빛 아래서 행복한 물새
갈꽃 옆에서 춤을 추는데,
내 사랑 듣고 있을까 나의 노래 사랑의 춤을

애모(愛慕)의 서(書)

송아 시인의 JJ갤러리, 2018

내 전부를 바치고 싶다 당신 위해 바치고 싶다
저 산 너머로 석양이 넘을 때까지 나 당신 위해 숨 쉬고 싶다
저 바람이 우리 가슴에 흐르듯 저 산이 우릴 지켜보듯이
나는 당신의, 당신은 나의 듬직한 위로가 될 것으로
나는 믿는다 나는 사랑한다 우리 걸음 휘청거려도
혹시 우리가 멀어져야만 하는 힘들고 아픈 날이 온다 해도
당신은 나의 사랑이여 영원히 언제까지나 그대 사랑해
오! 사랑아 이 밤 내 맘 속에서 잠들은 꽃 한 송이여

그대 아플 땐 숨기지 마오 내가 아플 땐 숨길지라도
나 혼자 만이 아픔을 안고 갈 테니 당신을 웃으며 살아가야 해
우리 사랑이 바람 앞에 선 꽃처럼 흔들려 애처롭게 되어도
나는 당신이 아픈 걸 원하지 않아 좋은 기억만 남겨둘게요
슬프겠지만 이별이 온다 해도 추억들이 앞을 가려도
우리 사랑한 날들 그리운 날을 예쁜 그림으로 기억해주오
당신은 나의 사랑이여 영원히 언제까지나 그대 사랑해
오! 사랑아 나의 가슴에 핀 어여쁜 꽃 한 송이여

지나보니 모두가 천사였던 걸

푸른세상, 아송문학 11호, 2018

지나보니 모두가 천사였던 걸
그땐 어이 모르고 스쳐왔을까
불평하고 게을렀던 하루하루가
지나보니 선물인 걸 왜 몰랐을까

들판의 외로운 나무였던 내게
차가운 바람도 친구인 것을
피었다 스러져간 작은 꽃들도
사랑의 엽서인 걸 왜 몰랐을까

절반쯤 걸어온 길 되돌아보면
습관처럼 만나고 헤어져왔는데
모든 것을 귀인처럼 반가이 맞아
어이 품에 끌어안지 못했을까

꿈에서 깨어나듯 남은 길 걸을 때
또다시 미워하고 외면하지 않으리라
선물도 친구도 사랑도 있으려니
그중에는 분명 천사도 있으려니

가장 멋진 기적

순천문협 순천문단 39집, 2019

그대 있어서, 사랑의 기적 있어서,
나는 오늘밤도 저 하늘을 나는 꿈을 꾸겠네

눈을 감으면 그대가 귓가에 속삭이는 곳,
그대와 나의 사랑 노래가 울려 퍼지네

아름다운 그댈 보며 나는 알았어요
내가 숨 쉬는 세상이 참 아름답다는 걸

오늘밤도 나의 마음을 모아 모아서,
이렇게 그대에게 속삭일게요

그래! 이건 기적이야, 사랑의 기적
내게도 이렇게 멋진 기적이 올 줄 몰랐어

달빛 스미듯 나에게 오신 그대는,
세상에 가장 멋진 기적입니다

조각배

고흥문협 시화전, 2019

별빛 바다에 조각배 띄우고
나는 그대를 태우고 노를 저으리
달빛 바다에 조각배 띄워
그대와 함께 노래하리라

밤하늘 저 바다에
들꽃처럼 조각배 띄우고
잔물결 위에 사랑 시 뿌리고
그대와 함께 읽어가리

하루하루가 보석 같은 건
그대, 오직 그대 있어서
아! 우리 삶의 조각들
작은 배 담아서 저어가리라

조각배 하나
별빛 바다로 달빛 바다로
어디로 갈까, 어디로 갈까
그대 함께 저어가리라

장독 2

순천문협 순천문단 32집, 2015

고백을 하고 싶었다
오래 전부터
너에게 시를 쓰고 싶었다

그러나
참고 참았다

설익은 마음으로 보여질까 봐
삽시처럼 떫게 느껴질까 봐

얼마간
더 그리워 내어놓으려니

시커멓게 닫힌 장독 속에서
녹아내리는 세월로
내 마음을 대신 전하마

어떤 인연(因緣)

순천문협 순천문단 34집, 2016

꽃이 피어 봄이 봄인 것처럼
눈물 흘러 슬픔이 아픈 것처럼
그대가 내 가슴에 살짝 다가와
우리는 인연이 되었습니다

찬바람이 시린 가슴을 후비듯
겨울비가 언 대지를 껴안듯
그대가 있어 나 웃고 울었던
그것이 인연의 증거입니다

우리가 처음부터 인연이어서
긴 세월 그리움에 뒤척인 건 아닙니다
그대가 오셔서 내 맘에 피어난 후로
깊이 새긴 그리움의 자국이 인연이지요

내 웃음도 내 슬픔도
내 지워지지 않은 상처도
그 깊은 그리움도 이 밤 지나면
꿈에서 깨어나듯 잊힐지도 모르지요

언제라도 그대 생각이 나면
나는 바람에게 이야기 할 겁니다
봄바람처럼 나를 입맞춤하던
꿈결 같은 인연 하나 있었다고

사랑한다는 말

송아 시인의 JJ갤러리, 2018

사랑한다 그 말을 듣고 싶나요

내 사랑을 확인하고 싶은가요

나의 눈빛 속에서 빛나고 있는 사랑이 보이지 않나요

언제나 그대를 사랑합니다

어제처럼 내일도 사랑할게요

가끔씩 그리움이 밀려올 때면 그대 향해 달려갈게요

그댈 사랑해 축복이라고 수많은 날을 고백했지요

사랑합니다 이 세상 무엇보다 사랑해

오직 그대 그대만을 사랑해요 오늘도 고백합니다 그댈 사랑한다고

손을 잡고 사랑하며 걸어갑시다

험한 세상 이겨내며 사랑합시다

저 꽃잎 속에서 노래하고 있는 사랑이 들리지 않나요

사랑해 그대를 사랑합니다

세월 가도 그대를 사랑할게요

어화 둥둥 내 사랑 어둔 밤에도 사랑 노래 불러줄게요

나의 사람아 그댈 사랑해 세상에 있는 어떤 말보다

사랑 합니다 내 사랑 전부 그대 거예요

오직 그대 그대만을 사랑해요 이 밤도 노래합니다 그댈 사랑한다고

시월의 하늘가

푸른세상, 아송문학 9호, 2016

파랗게 물든 추억이
가을바람처럼 내게 불어오면
수줍듯 다시 한 번
사랑으로 깊게 흔들릴 수 있다면

나는 화가가 되고
시인이 되리라

세상에서 가장 예쁜 얼굴
세상에서 가장 고운 색깔로
겨울이 올 때까지
한 송이 꽃으로 그려가리라

구름 한 점 없는 시월의 하늘가
더운 그리움의 저잣거리에 누워
빈들처럼 허한 가슴
시 하나 채우리라

잊지 못할 그대를 담아가리라

들꽃과 풀벌레처럼

기독시협 기독시문학, 2019

들꽃과 풀벌레처럼
작고 초라한 생명들로 인해 길이 아름다워지듯,

버거운 삶에 겨워하는 이웃들의 길 위에
나로 인해 풀잎 하나, 꽃 하나 피어날 수 있다면

사랑도 꽃잎 내어 향기 만(滿)할제

순천문협 순천문단 36집, 2017

사랑도 꽃잎내어 향기 滿할제
늙고야 다가못갈 내 어이하리

쓸쓸한 초가 우에 이우는 노을
한세상 저리 쉬이 스러질 것을

늙고야 다가못갈 내 어이하리
사랑도 꽃잎내어 향기 滿할제

소설(小說)과 실화(實話)

푸른세상, 아송문학 9호, 2016

세상에
오직
하나밖에 없는
네가 주인공인 소설을 쓰라

한 장 한 장 페이지에
사랑하는 사람과
눈물의 응원과 네가 흘린 눈물
그 속에서 발견한
너만의 가치를 기록하라

방황과 저항
열정과 도전
땀과 승리의 삶들을
꽃처럼 빛 결처럼 아름답게 새겨라

네가 있는 그곳에 누워
오래도록 잠들지 마라
항상 깨어 소설 속을 달려라

그리하여 마침내
그 소설이 너의 실화가 되게 하라

내 님을 만나요

순천문협 순천문단 38집, 2018

길섶에 꽃 하나 조용히 피었어요 내 님 얼굴같이 작고 예쁜 꽃
내 맘 속에도 피어요 내 님이 내게 오셔요 오늘 나는 내 님을 만나요

밤하늘 별님이 달님에게 속삭여 사랑 이야기를 들려주네요
내 맘 속에도 사랑이 밤하늘처럼 빛나요 오늘 나는 내 님을 만나요

사랑하여서 흐르는 이 눈물을 내 님의 가슴에 드릴 거예요
사랑하여서 잠 못 드는 이 밤은 내 님의 가슴에 안길 거예요

길섶의 꽃님도 밤하늘의 별님도 우리 사랑처럼 작고 예뻐요
그대여 내게 오세요 꽃처럼 내게 오세요 오늘 나는 내 님을 만나요

미련(未練)한 사랑

아시아문예 통권 47–겨울호, 2017

바람은 미련(未練)하여도
갈대를 탐닉하다 석양이러 떠나는데
어둡도록 못 떼는 천근 걸음은
덧없는 바람만도 못한 것인가

산자락 가로빗긴 늙은 나무야
미련강(未練江) 삿대이려 허공만 저어
눈물이 가릴까 못 돌아 서는
저 바람 가는 길 꽃비라도 뿌리거라

그리움

순천문협 순천문단 32집, 2015

왜
연락 한 번 없었느냐고
소식 한 번 전하지 않았느냐고
궁금하지 않았었냐고

궁금했다고
바람결에도 너를 생각했다고
그래도 꾸욱 참고
그리움으로 남겨두었다고

한 번 보면
하나의 그리움이 영영 떠날까봐
보고픈 마음 억누르며 살고 있다고

모닥불

전남경찰존중문화공모전 시 부문 최우수상작, 2014

우리 도란도란 모닥불을 지피자
보고픈 마음 한 구석에 터를 잡고
숨겼던 고백의 조각들을 쓸어 모아
서로의 빈 가슴에 모닥불로 피어나자

비바람 머금은 채 쌓인 장작만큼
그리움의 무게는 이리도 버거운데
홀로 타다 홀로 숯덩이 되지 말고
무덤 같은 외로움도 함께 태우자

밤이 깊을수록 장작 하나를 더 얹자

그리하여
이 어둡고 긴 밤이 춥지 않을 때까지
나는 너에게
너는 나에게
세상에서 가장 따뜻한 모닥불 하나가 되자

사랑의 길

순천문협 순천문단 39집, 2019

나 걷고 있는 길이 꿈이라 해도
난 꿈속에 살고 싶어

내 마음을 고백할게요

그대와 내가 달이 되고 별이 되어서
영원을 약속했던 길

혼자서는 걸어갈 수 없는 이 길을
그대가 있어 난 행복해요

외롭지 않은 길을 그대와 함께
욕심 없이 걷고만 싶어요

그대는 하나 뿐인 나의 우주
불처럼 타오르는 생명이여

저 하늘 사랑으로 빛나고 있어
사랑의 빛 내 맘속에 타오르네요

그대만 바라보는 사랑의 길
그대만 사랑하는 영원의 길

달에게 쓰는 편지

송아 시인의 JJ갤러리, 2019

너는 내 등 뒤에 숨으라 아무데도 가지 말거라
나에게만 있으면 된다고 너에게 조용히 말하마

너는 나의 생명이다 내 삶의 모든 것이다
네가 빛나는 이밤 외롭고 추워도 나는 너만 생각한다

거기 있으라 내 곁에 있으라 나도 이 자리에 있으마
세상이 변하고 마음이 변해도 나는 움직이지 않으마 여기 있을게

그대 그대만 있으면 된다 그리고 떠나지 않으면 된다
가을 가고 겨울 오고 추워져도 흔들리지 않은 달에게

고산 찬가(鼓山 讚歌)

송아 시인의 JJ갤러리, 2019

북(鼓)소리 산(山)자락에 울려 퍼지면
경사스런 일이 생긴다고
고산(鼓山)이라 이름 지어 살아간다네

문유산 솔잎처럼 푸른 사람들
그 웃음소리 이제 북소리 되어
승주 고을 천지에 기쁨 되어 퍼지니

들꽃 같이, 이슬 같이 예쁜 마음들
북소리 둥둥 고산에 산다네
기쁨 안고 둥둥 북소리로 살아간다네

우리 있는 곳이 별이야

송아 시인의 JJ갤러리, 2018

밤별 은하수 밭에 우리별은 어디 있을까
아득한 어둠 너머에 빛나고 있을 우리별은 어디 있을까
반딧불이 빛을 타고 숲을 지나서 고요한 밤하늘 날았죠
별 소나기 쏟아지는 유성 사이로 우린 하늘바다 노를 저었죠
행복해 그대와 함께 있어 그대를 바라볼 수 있어
우리별 가면 나는 그대 위해서 작은집 하나 지어줄게요
눈물도 외로움도 없는 우리별, 우리 이름이 새겨진 별에
밤새도록 하염없이 삿대를 저어 우리별을 찾아 떠났죠

별똥별을 지나서 우린 별에 내려앉았죠
들꽃들 가득 피어난 별나라에서 잊지 못할 꿈을 꾸었죠
천사들이 소꿉놀이 재잘거려요 바람이 속삭여오네요
구름들은 산허리에 고개 내밀고 우리 두 사람을 시샘하네요
봉숭아 연분홍 얼굴색이 그대와 많이 닮았네요
사립창문에 아기별도 그랬죠 어여쁜 모습 그대 같아요
그래 그래 여기가 우리별이야 우리 있는 이곳이 별이야
그래 꿈을 깨어나도 우리 있는 곳 여기가 우리별이야

순천만에 오시라

순천문협 순천문단 38집, 2018

그대 빈 가슴 외로웁거든 여기 순천만에 오시라
그대 누군가 그리웁거든 여기 순천만에 오시라

철새의 사랑
갈꽃의 사랑
별들이 사랑을 하는 곳

잊고 지나온 추억에 흔들리거든 무진의 다리를 건너라
그대 외로움은 그대만의 것이 아니야 갈대도 빈 가슴으로 흔들
리는 곳
그대 그림자에 바람도 춤을 추는 곳

그대 누군가 사랑하거든 여기 순천만에 오시라
그대 시인되어 노래하리라 여기 순천만에 오시라

김장독과 울 이모

푸른세상, 아송문학 10호, 2017

우리집 김장독은 배부른 이모
예쁜 동생이 뱃속에서 자라듯
맛있는 김치가 잠들어 있어요

이모는 뱃속 동생 핑계를 대며
맛난것 사오라고 귀찮게 하다
배부르면 스르르 잠이 들지요

울 마당 김장독도 이에 질새라
봄꽃 한잎 봄바람 한결 먹고서
배불뚝이 볕 아래 꾸벅 졸아요

너를 닮은 꽃

순천문협 순천문단 32집, 2015

어이 어둠은 어디에서 오나
나도 나를 찾지 못할 어둠인데
지금도 빈들에 홀로 서 있을
너를 닮은 꽃 한 송이 그리워하며

내 마음 둘 곳 없는 겨운 살이에
몇 날을 지새워도 잠 못 드는 것은
어느새 눈물 되어 나를 흔드는
네 꽃잎에 맺힐 이슬 때문에

어이야 나의 사랑 나의 꽃이여
이 고백은 사랑인가 그리움인가
설 잠을 파고드는 이 어둠처럼
나도 스며 그리움에 젖어가련다

가뭄

푸른세상, 아송문학 10호, 2017

구름을 쥐어짜면
빗줄기가 쏟아질텐데
하나님은 빨래도
안하시나 봐

저 많은 구름들
얼른 빨아야할텐데
잔뜩 쌓아둔 채
게으름 피우시나 봐

쓸쓸한 시인(詩人)의 무릎에 누워

순천문협 순천문단 36집, 2017

그리움은 먼 산 너머에 있더이다
홀로 앉아 쓸쓸히 구름배 접어
하늘로 띄우고 울어버린 시인(詩人)의 창(窓)

삶이란 본시 외롭더이다
겨운 삶도 목마른 사랑도
참고 참다 시(詩)되어 눈물로 흐르더이다

갈수록 짙어지는 설운 봄 내음
이슬 담은 시인(詩人)의 눈빛에 안겨
시(詩)는 아이처럼 해맑게 잠들더이다

갈 곳 없던 구름배 닻을 내릴 때
시(詩)는 비밀한 사랑을 꿈꾸더이다
쓸쓸한 시인(詩人)의 무릎에 누워

제3부

살바람 소리

향(香)

순천문협 순천문단 32집, 2015

빨갛게 향이 탄다
머리에 재를 이고 힘겹게 서있더니
눈 깜빡할 새
속절없이 무너져버렸다

뜨겁던 몸부림은
춤사위 연기되어 날고
속으로 속으로 스미다
새하얀 재로 스러져버린 너를

어째야쓰까

어째야쓰까

휘청이던 걸음 멈추고 누워버린 너의 생애
노오란 꽃으로 둘러싸인
네 얼굴이 이리도 예쁜데

검은 상복에 짙게 배인 이 향내를
어째야쓰까

오메
어째야쓰까

누이

순천문협 순천문단 32집, 2015

설 뒷날
낮부터 밤이 오고 다음날이 되어도
누이의 눈은 퉁퉁 부어있다

문상객들의 담소와
화투를 내리치는 거나한 사내들의 고성이
적막에 뒤엉켜 한밤을 밝힐 때도,
누이의 눈물은 겨울비처럼
아우의 빈소를 지키듯 처마 끝에 달려있다

가장 힘들었을 누이
찔릴 때 고통스런 대못도
빠져나갈 때 더 아리고 아프다는 걸
누이의 흐느낌에 비로소 알겠다

염(殮)

순천문협 순천문단 32집, 2015

어머니가 우신다
미안하다고
사랑을 주지 못해서

차마 마주볼 수 없어
손수건으로 눈을 가린 채
자신의 속살 핏덩이를
구석구석 눈물로 닦으신다

어여쁜 꽃 한 송이
먼 꿈길을 배웅하신다

바람의 연가

아시아문예 통권 44-봄호, 2017

하늘이 푸르다
널 생각하면
봄 하늘이 너무 푸르다

그리움 바람처럼 하늘을 떠돌다
보고픈 네가 언뜻 보일 때
바람에서 꽃내음이 난다
바람에도 꽃이 핀다

어느 하늘가
어느 들에서 날 지켜보는지
내가 알지 못하는 어느 쯤에서
날 잊지 못해 휘도는 너

이제 웃으련다
힘들고 슬퍼도
널 위해 울음을 참아가련다

널 만날 날 기다리며
바람처럼

3일장(葬)

순천문협 순천문단 37집, 2017

떠나면서 잔치를 벌였구나
추억할수록 대못처럼 아프고 미안한데
너는 사흘간의 잔치를 마련하고 떠났구나

쓰러지며 이름 석 자 병상에 걸고
긴 꿈을 꾸듯 눈을 감더니
보고픈 이름들을 하나둘 불렀구나

열일곱 동백 단추 수의 앞섶에 달고
처마 끝에 대롱인 위태한 빗물이듯
떨어지는 꽃잎이듯 짧은 삶을 접었구나

너는 분명 초대받은 사람이려니
걸음걸음 귀로의 심중 외로워 말거라
그곳도 너를 맞을 잔치로 분주할테니

문길 이별

순천문협 순천문단 32집, 2015

떠나간 님 이제는 멀기만 한데
퉁퉁 부은 심중에 그 얼굴 그리며 밤을 지새는
정녕 이 몸은 얼마나 허망한 일을 하고 있는가

그러나 어이하랴
잊혀지지 않는 것을

멀고 멀어 품을 수 없는 얼굴인줄 알면서도
눈물을 먹물삼아 님 얼굴 그리우지 아니하면
외롭고 허전하야 설운 밤 곤한 잠도 오지 않은데

갈대

송아 시인의 JJ갤러리, 2018

걸어도 걸어도 외로웠던 길
내가 걸어온 그 길을 돌아볼 때에
그대 차라리 빨리 왔다면
난 외로움을 느꼈을까

그대가 불러주던 밤하늘
별 두 개 서로 비추는데
사랑아 또 사랑아 나는 외롭다
그대가 없는 나는

사랑이여 이제 와주오
그대 나에게 와준다면
나는 이 밤도 외롭지 않겠어
서걱거리며 살아간대도

그대 나를 찾아오지 않는가
이 가슴에 비를 적셔도
갈꽃 없는 몸짓하나 여기 있으니
그대 나의 영원한 사랑

꽃처럼 다시 만나자

아시아문예 통권 38-가을호, 2015

하늘명에 순응하는 기다림처럼
계절에 맡겨 나고 지는 꽃처럼
잠시 잊혀도 언 틈에 피어나는
우리 짙은 향기로 다시 만나자

낙화는 이리저리 갈 곳을 잃어
사방으로 날리어 흩어질지라도
나린 그 자리에 봉긋 아장이는
아해 꽃 내음으로 다시 만나자

그 애모는 더운 바람이라 하자
그 눈물 차라리 이슬이라 하자
그러다가 그리워서 못참겠거든
연분홍 봄 꽃처럼 다시 만나자

그리움 2

푸른세상, 아송문학 8호, 2015

걸을 수 있는 곳까지만 걸어라
뻗을 수 있는 곳까지만 뻗어라

너무 멀리 가버리면
그리울 게다

눈물 나도록
보고 싶을 게다

천일(千日)의 약속

송아 시인의 JJ갤러리, 2018

어제는 기쁨 또 오늘은 행복
당신과 걸어왔던 순간순간이
얼마나 소중했는지

거칠고 험한 세상 위로하면서
당신과 나 따뜻한 온기가 되고
아름다운 노래가 되었소

천일약속의 날이 오면
우리 이마에 주름이 늘고
하얀 세월이 머리에 물들겠지만
당신을 사랑하리라 영원히 사랑하리라

그대를 알고 난 알게 되었소
내 맘 속 뜨락에 핀 장미꽃 당신
새벽이슬이 되겠소

그대와 손을 잡고 석양빛 따라
당신과 나 천일을 걸어간다면

우리사랑 아름다울 거요

천일약속의 날이 오면
나는 또다시 약속하리라
멀리 아득한 그날을 약속하면서
당신을 사랑하리라 영원히 사랑하리라

당신은 나의 사랑
영원한 나의 사랑
이 고백을 먼 훗날에도 당신께 바치고 싶어

봄도 상처를 남긴다

순천문협 순천문단 34집, 2016

봄도 상처를 남긴다는 걸
나는 알지 못했다

꽃에 취해 주절거리다
문득 돌아보니
내가 앓고 있다는 걸
봄도 앓고 있다는 걸 알았다

꽃은 왜 피어나는지
왜 하필이면
겨울을 밀어내고 돋아나는지

그 애틋한 광경을
왜 순종으로 이해해야 하는지

사유의 신발 끈을 매기도 전에
금세 저만치 멀어져 간
봄은 상처를 품고 피는 계절

추억

푸른세상, 아송문학 8호, 2015

나도 언젠가는
누군가의
기억이 되겠지
추억이 되겠지

그때가 되면
나를 그리워하며
미소 지을 수 있도록

우리 사랑
살짝 부었다 사라지는
가벼운 상처였으면 해

떠나면서 그대에게
−처 백모님 상중에 영정사진을 보면서

순천문협 순천문단 35집, 2016

이제야 말할게
너무 늦어버렸지만
사랑했다고 죽음과 맞바꿀 만큼
그댈 사랑했다고

어깨에 짊어진 짐이 너무 무거워
힘들어서 나오지 않던 그 말
이제야 짐을 벗고
숨겨온 내 마음을 보여준다

고마웠다 오래 잊지 않을게
바람처럼 그대 휘돌아온 세월
나그네처럼 먼 길을 달려오면서
그대 있어 행복했다고 말할게

저 하늘이 이리 푸른 걸
고개 숙이고 살아온 날들
무엇을 그리 힘들고 아파했는지
후회로 가득한 날들

그래도 그대 있어 행복했다고
이제는 그대 손을 놓아줄 시간
나처럼 그대 날 사랑했다는 것을
너무 늦게 알아버렸어 미안해

이제 이렇게 그댈 마주한 지금
그대의 고단했던 하루가 보여
그 힘든 어깨를 바라보는 내 맘은
비라도 눈물을 가렸으면 해

그러나 웃으며 이겨내 봐
삶이란 절반의 슬픔과 절반의 희망
머무는 듯 사라지는 이슬 같은 맘으로
웃어봐 그댈 내가 지켜볼게

구름과 석양

순천문협 순천문단 35집, 2016

높은 산허리 넘어가려고
힘든 하루를 달려온 구름

머물러야 해 이별은 싫어
구름 붙잡는 석양의 애원

언젠가 그댈 보내고
잠 못 들던 나의 긴 밤을

저 산 너머에 두고 와야 해
그렇게 또 하루를

잊혀진다는 것은 비워가는 것
담았던 그리움을 덜어내는 것

그리움이란 구름 같은 것
저 산을 석양에 넘어가야 해

애증(愛憎)

푸른세상, 아송문학 8호, 2015

창가를 적시는 건 빗물만이 아니었어
곁에 있어도 사랑하지 못하고
애증의 눈물로 허한 가슴 쓸리는데

저물어가는 건 오늘 만이 아니었어
행복을 약속했던 그대와의 만남도
해질녘 석양처럼 뉘엇 고개 넘는데

이별 앞에 서성이는 아픈 사람아
마음 둘 곳 없어도 나 곁에 있으니
흐려가는 기억에도 사랑을 되살리라

나는 눈물로 그대에게 스미려니
속절없는 세상사 무게를 벗고
무욕의 빈들에 피어나는 바람 되라

까치밥

순천문협 순천문단 36집, 2017

문유산 하놀 저리 겨르로운데
노고치 졸가리 까치밥 몇 개
늘솔길 장승님네 헛 웃음 뒤로
오매불망 까치 올라 연지곤지 붉었다

보릿고개 품 팔러 떠난 에비 맘은 오죽할까 남은 에미는 등가죽
붙어버린 새끼들 밟혀 고지품 판 삯으로 묵은 보리밥 한 줌 받아
돌아오려니 사방이 어둡는데 한 풀이라도 흘릴새라 꼬옥 안고 마
을 앞 개울 건너다 굶은 늑대 같은 도적놈 만나고 말았다네 오메

가여라 저 식솔들 숨소리 가늘다
까막새 곡소리 여직 없다
외마디 신음 허기 삼고 자느냐
너와 둥지 파고 우는 추풍 문상에

에미는 도적놈 피하려다 돌팍에 미끄러져 그 채 떠내려가고 말았
다네 기어이 놓지 않던 보리밥은 손과 가슴팍에 다닥 다닥 박힌
채로 하얀 치마 수의 삼아 돌아오지 못할 먼 길 갔다네 어서 가자
어서 가 배 곯은 내 새끼들 기다린다 어쩨야쓰까

가여라 내 새끼들 무얼 먹일꼬
언 몸은 이미 우련한 핏기어도
어메 찾을 닭똥 같은 눈물만 선해
죽어서도 못 눕는 가난한 에미

싸늘한 에미는 손과 가슴팍 하얀 보리밥 품은 까치 되었다네 몸
뚱이는 고단하야 검고 검어도 새끼들 밥 구하러 날아다닌다네 까
치야 까치들아 해마다 동무 늘어 외롭진 않겠다 오메 어째야 쓰까

아라리 아라리요 불설운 운명
그날 밤 도적은 장승 뒤에 숨었나
북새바람 삼만리 애옥살이 목숨
오늘은 또 어느 에미 밥을 노릴까

까악 까악 개차반 도적놈아 그치거라 철천지 웬수라고 한 욕심에
목숨 몇 거두는 것이냐 같은 하놀 아래 다른 땅이냐 너도 나도 보
릿고개 동무 아니냐 떠난 에비 오며는 그날이 네 제삿날이다 오
메 오메 어째야 쓰까

까치밥 뚜욱 뚜욱 다따가 떨어진다
어여 어여 까치들아 서럼 잊고 물거라
퍼르룩 날갯짓에 겨운 해 저물고
성긴 나무 긴 한숨에 봄은 아직 머얼구나

비가 오면 그대에게로 가

송아 시인의 JJ갤러리, 2018

비가 오면 난 그대에게로 가 그리워 밤하늘을 날으지
잠든 그대 꿈에 사랑의 입맞춤하려 난 별빛 하나로 가지
잠든 그대 얼굴 보고 사랑한다고 고백하려는데
그대 무릎에 누워 먼저 잠들고 말았었지

밤 깊어도 나 잠들지 못할 때 그대 많이 그리워 힘들 때
이게 사랑인가 그대를 향해 날으는 난 별빛 하나가 되지
행여 그대 잠 못 들까 창가에 기대앉아 보려는데
그대 사랑스러워 나는 행복해 잠들었지

꿈속에 그대 숨소리 내 맘을 어루만져
봉숭아 피는 곳에 월광초 빛나는 곳에 우린 서로 별이 되었지
그대 이름을 불러보는 나의 마음은 행복해
외로움 모두 사라지지 아픔까지도 사라지지
그대가 내 곁에 함께 있을 때 어둔 밤도 두렵지 않아

아린 이별

아시아문예 통권 36─봄호, 2015

그리도 당당하던 나무
뿌리째 뽑혀 버렸다

집어삼킬 듯 험한 바다
바닥 드러내고 사라졌다

조용한 산하 구름 몰려
눈물 비 서럽게 고이고

바람에 떠밀려 들썩이는
애타는 자의 신음 소리

사랑이 미움 되지 않게
아린 이별 기억하며 살자

벌초 가는 노인

순천문협 순천문단 37집, 2017

일흔이 훌쩍 넘은 젊은이
바위처럼 무거운 예초기 들쳐 메고
제 키보다 높이 자란 풀섶을 헤치며
홀로 산으로 간다

"자식새끼들 다 필요없당께, 유제가 백번 낫제
배고플 참에 건너 와
이것도 저것도 좀 먹어 보소
그 맴이 만난 경개 아니것어

굽은 나무가 선산 지킨다는 말
하나도 틀린 거 없어
지 잘나 멀리 떠난 놈들은 금메
바쁘다고 가위 때도 안 비친당께

자식 농사는 풍년인디
엄씨 삭신 풀 깎아줄 새끼는 없네
근다고 마누라 뫼똥 놉 얻으믄 우새시럽제
그래도 지들 잘 산당께 낙이제 뭐"

쓸쓸한 발걸음에 묻어나는 자위
길게 자란 풀처럼, 깊이도 익어버린 가을 날
희어진 세월만큼 허연 머리 둘러메고
노인은 홀로 산으로 간다

백석(白石)의 마가리, 그리고 'JJ 갤러리'

순천문협 순천문단 37집, 2017

겨울
바람이 찬데 나도 산 속으로 깊이 마가리 짓고 살까

붓 꺾고 기행이 선배처럼 농부 되어
오돌개 따먹고 사슴처럼 살다 '사스ㅁ'이라는 시집을 쓸까

나 있는 곳이 그대 있는 곳이
같은 하늘 아래서 이리도 멀까

나 그리워하고 그대 그리워해도
모른 체가 아니라면 외면하고 살아야 할까

그대 한 줄 말보다 한 줄 시보다
나 가진 모든 것이 덧없는 것 가치 없는 것임을
날을 뒤따라 걷다 견딜 수 없이 아프고야 아네

겨울
바람이 찬데 마가리에 'JJ갤러리'라는 이름을 붙였네

그을린 한쪽 벽에 기억 하나 걸어놓고,
정재 소뎅이 우에도 눈물 하나 걸어놓고,
한밤 개포래 미끄럼틀 타고 노는 꿈을 꾸네

그 벽에 기억들 걸려있는 한
떠난 것이 아니니 내 눈동자 그대 잊지 못하는 것은,
그때까지 내 안에 있는 것이니
먼 훗날에라도 알까

나 풍각쟁이처럼 노래하고 있다는 것을
기억을 역류하야 거슬러 마주하는 날에는
비굴하게 떨고 있는 나를 발견하게 되겠지

겨울
바람이 찬데 자야의 그리움을 몰랐을까 백석의 사연에
폭설 안고 무너지는 비닐하우스 뼈마디처럼,
버겁다 겨워 무너진 가슴이 서러웁네

이제는 마가리에 또 하나의 그리움을 걸 시간
나타샤가 푹푹 눈처럼 깊어 소주만 들이킬 때
흰 당나귀 한 마리 그때처럼 응앙응앙 울어
나는 깊어도 잠 못 자고 또 밤을 지나네

벽에 걸려진 기억 속으로
오가리 안에서 충분히 익어갔을 그리움 속으로
겨울바람이 찬데 찬바람이어도 그대 오라

하얗게 첫 눈 덮힌 길상집 앞마당에 홀로 뿌려진
그 외론 길이 그대 가야 할 곳은 정녕 아니니

회고(回顧)

푸른세상, 아송문학 8호, 2015

그때
수천 번 도망치고 싶었던 건
그 삶이 지옥보다 싫었다는 것

그래도
한 줄기 위안으로 삼았던 건
그 괴롬도 바람처럼 지나리라는 것

이제 회고하여
오래도록 후회로 아려오는 건
나는 그때 미워만 했었다는 것

허수아비

푸른세상. 아송문학 10호, 2017

시골집에 가면
멀리서 반갑게 손을 흔들던
우리 할아버지는
허수아비를 닮았다

짹짹거리며 모여든 참새들
한 톨이라도 더 먹여 보낼 걸
우리가 모두 떠나고 나면
안쓰럽고 미안한 마음

"다음에 오면……"

온 종일 동구 밖에 서 계실
할아버지는
아직 텅 빈 들판에서
쫓아 보낸 참새들을 기다리는
허수아비를 참 많이도 닮았다

갈치
−시골 5일장 어물전에 누워 있는

순천문협 순천문단 36집, 2017

그대 혼자 남았다고 울지 말아요
은빛 비늘 펴고 푸른 바다로 가야해
왜 누워 있어 여긴 잠들 곳이 아냐
푸른 바다로 가야지

너무 멀리 떠났다고 슬퍼 말아요
눈물 훔치면서 돌아갈 곳이 있잖아
좀 힘들어도 돌아누워 잠들지 마
바다 그댈 부르고 있어

어서 일어나 바다로 가자
그대만의 푸른 꿈을 꾸어야 만 해
사랑하면서 노래하면서
너의 세상을 자유롭게 날아야지

울지도 마
용기를 내 봐
날개를 펴고 바다로 가자

가면(假面)

순천문협 순천문단 37집, 2017

가면을 써야만 했다 처음에는 외면하려니 부끄러웠으니 햇살도 없는 어두운 골목 허리 부러진 풀잎들이 쓰러져있다 쟁투의 거대한 원심력은 한 떼를 품안에 모으고 다른 한 떼를 어둔 골목에 버렸다 시간이 지날수록 불편한 가면 마지막 선홍의 핏기어린 얼굴도 가면을 본뜬 석고로 변해있었다 쓰러진 풀잎들은 보이지 않는다 이미 죽었으리라 자위한다 편하다 외면한다는 것은 앞으로만 달린다 거추장스런 가면도 하나 둘 골목에 버려진다 가면에 뒤섞여 날아든 동전 몇 개 아직은 죽을 수 없는 생명들 동전에 '내일'이라는 글자를 새긴다 풀잎이 깨어나는 골목 깊은 곳에서 절망의 가면들이 하나 둘 부서진다

사랑이여, 와도 돼요

송아 시인의 JJ갤러리, 2018

속절없이 우릴 떠나간 것이 야속한 세월뿐이었다면
떠나간 후로 돌아 못 오는 것도 야속한 세월뿐이었다면

그리움 속에도 외면해야만 했던 우리 사랑은 어느 길섶에 머물
렀을까
어느 하늘 구름 속에서 바람 속에서 우리 사랑은 주저했을까

사랑이여 이제 와도 돼요 세월은 뒷춤에 감출게요
우리 못 만났던 이유, 이제야 만난 이유, 무슨 사연이 있었겠죠

돌아가지 않을게요 그대만 내 맘 속에 담을게요
우리 서로 사랑한다는 말 한마디로 우린 세월을 거슬러가고 있어요

제4부

천상의 바람 소리

고백(告白)

기독시협 10주년기념특집호, 2017

어제도 오늘도 주님의 사랑은
꽃향기처럼 나에게 스며오네요
낮이나 밤이나 주님의 온유는
바람처럼 어김없이 찾아오네요

오라 하신 주 십자가에서
가라 하신 주 건너 마을에
어이 그리도 붉은지
그 사랑에 내가 젖고 말았네요

나는 사랑에 눈이 멀었어요
세상을 바라볼 수도 없어요
상상치 못할 섭리로 이끄시는
주의 두 팔에 꼬옥 안겨 있으니

세상 끝까지 날 위로하시는 주님
내 눈이 되어주소서
내가 지치고 쓰러져갈 때
그곳에서 낙원을 보게 하소서

닭이 우네

기독시협 기독시문학 『꿈의 숲』 2018

하늘 저편이 밝아 오네요
차라리 오래도록 어두웠다면
추위에 움츠린 채 불을 쪼이며
바깥뜰에 앉아있는 나

사랑 기도하시네 사랑 우시네
이 잔이 지나게 하소서
그대 쓰러지며 힘겨워할 때
내가 그대에게 친구일 때에

모두 그댈 버릴지라도
나는 결코 버리지 않겠나이다
그대와 함께 죽을지라도
나 그댈 외면하지 않겠나이다

비겁했던 나의 교만의 길
부끄러운 믿음 절망의 눈빛
그와 함께 있던 너 제자가 아니냐
알지 못하노라 닭이 우네

작은 들꽃의 노래

송아 시인의 JJ갤러리, 2018

듣고 싶어요 당신의 숨소리를
나는 푸른 숲에 피어있는 작은 들꽃
난 알아요 당신은 파란 마음을 가진 바람
먼 하늘에서 나를 부르며 달려온 걸
미워하고 외면하는 세상 속에서
당신의 속삭임이 들판에 퍼져요
작은 것에 기뻐하고 소박한 행복을 노래하라고 말하죠

용기를 주죠 당신의 속삭임은
당신 시 하나에 나의 삶은 기쁨 되죠
나 외롭고 슬플 때 내게 다가와 위로하죠
내 맘 속에서 떠나지 않고 울어주죠
혹시라도 못 견디게 외로울 때도
당신의 속삭임이 숲속에 퍼져요
작은 것에 기뻐하고 소박한 행복을 노래하라고 말하죠

그럴게요 당신이 나를 부르고
속삭이면 나의 눈물은 이슬 될테니
바람 부네요 당신이 오시나요
사랑 안고 파란 바람으로 오네요

주께서 동행하시니

순천문협 순천문단 35집, 2016

주께서 동행하시니
흑암의 땅을 걸을지라도
그대 가는 곳에 평화요
그대 머무는 곳에 영광이

피어나리라 주님의 꽃
그대 땀과 피가 흐른 곳
그대 서있는 곳 그대 쓰러진 곳
주님의 골고다 언덕

눈물을 닦아요 담대하세요
주님 사랑하는 이여
그대 작은 신음도 들으시는
주께서 새 힘을 주시리니

주의 나라를 위해
구원의 지경을 넓혀요
그대 가는 길 선한 싸움의 길
주님 그대와 함께 하시니

그대에게 별처럼

송아 시인의 JJ갤러리, 2018

이 밤이 깊어가고 어두워질수록
세상이 꿈을 꾸며 잠들 때
달님을 떠나지 않고 그만큼 거리에서
빛나는 별님 하나 있어요

혹시나 비가 오는 날엔
그리워하며 긴 밤을 애태우다가
날이 개이면 또 그 자리
어김없이 맴도는 별

별처럼 나도 그대 곁에
그 만큼의 거리에서
밤하늘 어둠속에 영원히 반짝이는 별
그댈 지키는 별이고 싶어

사랑 이라는 이름으로
나를 불러주는 그대 앞에
나의 사랑을 드리겠어
내 마음을 모두 바치겠어

그대의 가슴에 젖어드는 별
사랑별 하나 되고 싶어

기도(祈禱)

아시아문예 신인문학상 당선작 통권 32-봄호, 2014

희원(希願)이란

겨울 버려진 풀잎 하나도 이른 봄 한 푸르른 생명으로 소생함을
믿음으로 육신이 비늘처럼 갈갈이 찢겨도 영혼을 불살라 슬픔을
파닥 뛰어 오르는 한 마리 연어

험난한 길 가 힘에 겨워 서럽게 쓰러질지라도 나를 태워 너를 위
한 축원의 향연(香煙)이 됨을 피하지 않으며, 떨군 고개 아래 덧없
는 세상의 무가치를 내 버리고 모은 두 손에 은총과 너를 위한 내
사랑을 주워 담는다

중보

순천문협 시화전, 2016

너에게 복을 주고 싶은데
복을 가진 이가 아니어서
빌기만 한다

눈물이 언어가 되는 밤

은총

아시아문예 신인문학상 당선작 통권 32—봄호, 2014

너와 함께 숨 쉬리라. 곤한 너의 손을 잡고 무거운 발걸음 함께 걸으리라. 너의 고난이 송이 포도로 익어 그 가지에 향기를 더하리라. 목마름 없는 소망은 침노의 시내로 흐르지 못하노니 약한 자 보듬는 사랑의 표적을 마음 판에 새겨 계명으로 삼거라. 너를 향한 아버지의 은총을 빌며 이 밤도 너를 사랑하고 축복한다. 산지라 여기고 기뻐하여라. 네 걸음이 멈춘 곳 평화의 터 됨를 감사하여라. 보고픈 얼굴들 기억해내고 미워하지 않았어야 했던 것을 후회하여라. 내가 미명에 너의 이름을 불렀나니 너는 소중하고 영원한 나의 사랑이라.

주님의 거룩하신 영광 위하여

기독시협 기독시문학 「꿈의 숲」 2018

주님의 거룩하신 영광 위하여
초라한 내 모습을 뒤로 하소서
주님의 영원하신 나라에 살아
부질없는 욕심을 벗게 하소서

능력을 부으시는 주님 안에서
능치 못할 일이란 결코 없으니
험한 세상 파도에 질그릇 되어
놀라우신 그 사랑 담고 싶어요

어둔 하늘 빛나는 새벽별처럼
내 영혼의 어둠을 밝히신 주님
나를 안고 영원 길 동행하시니
눈물로도 그 사랑 갚을 수 없네

잠언의 기도(잠 6:16-19)

기독시협 10주년기념특집호, 2017

헛된 것들을 버려야 하는 아픔 너머로
고난이 은혜로 이해될 때 비로소
제 삶의 아침은 밝아왔습니다

풀잎이 움트지 않는 땅은 죽은 땅이며
이슬 한 방울도 어둠을 지나온 자의 것이듯
마른 영혼에 풀잎처럼 솟는
이슬 같은 갈급의 숭모(崇慕)를 맺게 하소서

교만의 눈으로 세상을 바라보지 않게 하시고
거짓말 하는 혀를 움직이지 않게 하소서

무죄한 자의 피를 부르는 손짓을 두렵게 하시고
범죄로 달려가는 발을 멈춰 되돌리게 하소서

악한 계교를 꾸미는 마음을 품으려 할 때
이간하는 자와 불의의 증인이 되려 할 때
당신의 자비로 저를 거두소서

차디찬 죽음의 무덤가에 누워
나신(裸身)으로 잠들지 않게 하소서

그대는 하나님의 봄날

순천문협 순천문단 37집, 2017

아파하지 말아요
그대 슬퍼하는 이 밤
그대 아픈 마음의 창문을 열면
위로의 바람이 불어올 것을

더 이상은 닫지 말아요
그대는 축복의 존재
하나님께서 그대를 만들고
힘에 겨워 쉬었다는 것을

이제 축복의 꽃을 피워야 해요
그대 생명을 때리지 말아요
아름다운 들판에 핀 그대라는 꽃
그대는 하나님의 봄날

우린 꿈을 꾸는가

송아 시인의 JJ갤러리, 2018

꿈을 꾸는가
우린 꿈을 꾸는가
달빛도 보이지 않는 어둔 밤에
별빛들 사이로 날개를 펴고 우린 꿈을 꾸고 있는가

우린 걷고 있는가
우린 어디를 걷나
서로의 손을 잡고 걷고 있는가
서로의 품에 안겨 그 사랑 안에서 꿈속을 걷고 있는가

행복이라고 우린 말하지
사랑의 꿈을 꾸며 걸어가는 길
삶이 거칠고 험한 길이라도 우리 함께라면 좋겠네

새벽은 하얗다

아시아문예 신인문학상 당선작 통권 32—봄호, 2014

누적된 퇴락의 순간을 껍질처럼 벗고 일어서는
새벽은 하얗다

부스럼 이는 이기(利己)를 벗도록
하얀 옷을 입혀 새 날을 선물하는
새벽은
이방을 멸시하는 선민의 언약

회수되어버린 희락과 평화의 벌거벗은 몸뚱이를
갈잎으로 초라하게 가리고 도망하듯

이 새벽은
검은 주검으로부터 알처럼 깨어 소생하는
사방이 온통 하얀 은혜다

변질에 고(告)함

기독시협 기독시문학, 2019

꽃 한 송이 피어있는 언덕을 넘어서면
계절이 몰아 온 꽃들로 천지가 춤을 추겠지

꽃 하나를
오직 꽃 하나로만 바라보면
어찌 예쁘게 보일 수 있으랴

변하지 않고 처음의 길을 걷기 위하여
그 꽃술에 숨겨진
숱한 씨앗에서 생명을 발견하는 것

보이지 않는 것에 대한 실상을 염원하는
넉넉한 믿음과 기다림이 없다면
어찌 한 송이 꽃이 가난하고 서럽게 여겨지지 않으랴

벼랑 위의 꽃

국제비전선교회 국비의꿈-5-6월호, 2016

한 발은 땅 위에 놓여 있으나
나머지는 천길 무너지는
눈물로
설움으로

나의 이 곳은
왔던 길 되돌아 멀리도 떠나갔을
내 사랑
오 내 사랑 이제는 돌아오지 못할 애통의 땅 위

내 속에 살아
이 슬픔을 남긴 너의 몸뚱이를 끌어안고
그러나
우리 처음 떠나온 그 곳에
결코 너와 함께 돌아가지 않으리
너를 축복의 이 방 아래 버려두지 않으리

눈물은 희망의 시내로 흘러가고
주저앉은 영혼은 힘겹게라도

너 누운 만큼 더 높게 날아
네가 잠든 이곳이 안식의 쉼터 됨을
내가 말하리
너에게 빛으로 보이리

너 없이 외로운 홀로 벼랑 위에서
나는
한 송이 꽃을 피우리

누워 네가 설레이며 기다릴 그날
그날
네 머리에 고이 얹혀 내 앞에 보여질 꽃

이 척박하고 아득한 벼랑 위에서라도
실족하지 않은 굳건함으로
나는
너로 인해 아름다운 꽃 한 송이 피우리

[창 23:1-4]
"사라가 일백이십칠 세를 살았으니 이것이 곧 사라의 향년이라
사라가 가나안 땅 헤브론 곧 기럇 아르바에서 죽으매 아브라함이
들어가서 사라를 위하여 슬퍼하며 애통하다가
시체 앞에서 일어나 나가서 헷 족속에게 말하여 가로되

나는 당신들 중에 나그네요 우거한 자니 청컨대 당신들 중에서 내게 매장지를 주어 소유를 삼아 나로 내 죽은 자를 내어 장사하게 하시오."

[NOTE]
아브라함은 하나님의 인도함을 따르는 삶의 여정에서 참된 신앙의 조력자였던 사라를 잃게 되고, 사라의 죽음 앞에서 눈물을 흘리며 애통해 하는 지극히 외로운 인간의 면모를 보인다.
그러나 아브라함에게는 하나님을 향한 믿음이 있었다.
그는 사라의 죽음에 압도되지 않은 채 곧 시체 앞에서 일어서고 사라의 시신을 자신들이 떠나왔던 우르로 옮기지 않고 하나님이 주신 가나안 땅에 장사한다.
그는 이렇게 하여 하나님이 약속한 가나안 땅의 처음 소유를 사라의 장사지낼 땅으로 인해 얻게 된다.
아브라함은 이 같은 극한의 절망과 슬픔 아래서도 결국 하나님의 역사를 이루는 믿음의 꽃을 피운다.
마치 아무런 희망도 없이 위태로운 절벽 아래 피어 있는 한 송이 꽃이 더욱 아름답게 보이는 것처럼.

석류나무 아래 기도

푸른세상, 아송문학 11호, 2018

우리의 발은 평강을 향해가고
우리의 삶에 사랑이 맺혔어라
바람에 흠칫 놀라깬 석류잎새
은혜에 젖은 내영혼 떨림같네

대롱인 가지 어여쁜 홍일점은
찬서리 이겨 새봄에 돋았어라
세파에 지쳐 초라히 서걱이는
우리의 생사 꽃으로 피게하오

높다란 하늘 깊다란 가을풍경
한없는 주님 사랑과 닮았어라
검붉은 석류 농익은 속살같이
알알이 주님 향기만 되게하오

덤

푸른세상, 아송문학 9호, 2016

욕심에 눈먼
인생길 괴롬
덤처럼 살면
세상사 감사

주려는 마음
기쁨인 것을
미련한 삶에
채우신 지혜

꽃처럼 고운
주님의 사랑
초라한 나를
향기로 품네

상처

아시아문예 통권 37-여름호, 2015

사랑 속에 파괴란 없다
사랑은 파괴를 품지 않는다
파괴와 상처를 혼동할 뿐이다

냇가에 검불들이 하나둘 쌓여가도
목 놓아 휘감는 폭우 한 번에
모두 쓸려가는 것처럼

어두웠을 우리 삶에 소리 없이
눈물과 한숨들이 켜켜이 쌓일지라도
쓸려가지 않을 미움이 없는 것처럼

세상과 삶이 파괴를 향해 달려도
그 슬픈 걸음들을 다시 되돌리려는
아픔을 우리는 상처라고 부른다

내 사랑은 먼 산 너머
불어오는 산들바람처럼

송아 시인의 JJ갤러리, 2019

산들바람이 불고 있어요
그대 나의 땀방울을 닦아주네요
아! 그대 사랑의 속삭임
세상에서 제일 예쁘더라

멋진 명예로도, 많은 돈으로도
우리 같은 사랑을 가질 수 없더라
우리 가슴 속에 사랑 있으니
아무 것도 부럽지 않아

사랑은 산들바람처럼
그대 나의 하늘을 휘돌아
내 가슴 위로 멋진 노래 불러줘요
천사들의 나팔처럼

오늘도 그대 맞으리
하늘 날으는 새 한 마리 되어
내 사랑은 먼 산 너머 오시네요
산들바람으로 오네요

그 이름

아시아문예 신인문학상 당선작 통권 32—봄호, 2014

찬바람에 떨고 있지만
한 줄기 빛도 없습니다

온통 어둠뿐인 삶에
어디서 무얼 의지합니까

삭풍에 얼어붙어 찌들은
내 영혼에 온기가 되신 분

삶의 기쁨과 소망되신
그 사랑은 당신입니까

이 시간도 두 팔 벌려 주신
당신의 따뜻한 사랑 그 이름

십일조

순천문협 순천문단 32집, 2015

꽃이
화단에 피었어도
들판에 피었어도

중요한 건
잡초가 아닌
꽃망울로 피어 있느냐 하는 것

가슴 떨리는 별의 약속을
향기로 풍기고 있느냐 하는 것

보는 이의 눈앞에서
땅에 뿌리박고 버티며
생명을 꽃피우다 스러지느냐 하는 것

거룩하다는 것

기독시협 10주년기념특집호, 2017

거룩하다는 것은
밤보다 깊은 어둠
어둠보다 깊은 절망 가에 피어난
힘없는 꽃 하나

나를 위해 다가 온 바람 하나
세상을 휘돌고도 아직 흐르는
애타는 생명의 시내

거룩하다는 것은
나를 밝히는 작은 빛 하나

이 고요한 밤
내 고백 앞에 나지막이 떨고 있는
촛불 같은 은혜 하나

밤의 상념

아시아문예 신인문학상 당선작 통권 32–봄호, 2014

넘어지면
포개질 법한
가까운 거리에서

두 사람이
안식의 밤을
맞이하고 있다

한 사람은
나

한 사람은
나를 자기처럼 사랑하신 이

허상에 집착한 채
호흡했던 이 하루를 용서받고
꽃 같은 내일을 선물로 받아든다

내 소중한 하루가
사랑
그 좋으신 이를 알아가는 것으로
온통 소진되기를

섭리와 기도

기독시협 기독시문학, 2019

화알짝 핀 꽃이 찬바람에 스러진다
깊었던 밤이 빛에 쫓기듯 멀어진다
거역할 수 없는 높은 계획은
가장 선한 뜻으로 세상에 펼쳐진다

그러나 나는
꽃봉오리로 겨울을 지나고 싶다
별빛에 안겨 오랜 밤을 머물고 싶다

꽃으로 피다 스러지지 않고
황홀의 꿈에서 깨어나지 않는
섭리의 변화를 위해 기도하는 것을
무릎 꿇어 눈물로 포기하지 않겠다

생사의 변(辯)

기독시협 기독시문학 「꿈의 숲」 2018

겨울은 봄의 몸을 빌어
봄은 여름, 여름은 가을,
가을은 겨울의 몸을 빌어
온 천지에 죽음을 알린다

곧 터질 듯 부풀어 올라
더 이상 감내 못할 규(叫)
탄생은 죽음의 몸을 빌어
온 천지에 抵抗을 알린다